其實這些文字網路上都看得到，不過
總習慣讓它們被印在紙上成為書本才算是正式地作了告別式—
—這些過去的故事。

祕密耳語

1

我的同學質問我，是否偷走了她的烏鴉。

我附在她的耳朵旁邊假裝要告訴她一個祕密，我確實對她說了一些話，然後我用嘴巴裡的口香糖將她的耳朵緊緊塞住，祕密永遠密封在她的耳朵裡。

烏鴉被我吃了，我一個人在河邊生火，將烏鴉燒成一鍋湯全部吃光，我懷疑是我的同學派她的烏鴉來監視我，所以我也設下陷阱，利用我飼養的寵物：一隻金屬光澤的甲蟲將牠誘捕。

我把啃吃烏鴉的過程詳細地告訴了她，我將她的耳朵密封，她並未察覺。從此這段話只會在她的腦中不停回轉，她再也聽不到別的聲音。往後的數日，據說她在睡眠中深受螞蟻噬咬的困擾，那段內容從深夜反覆播放的噩夢變成了假造的記憶，漸漸她已誤以為是自己吃掉了烏鴉。

我不是一個寬容的人，就像是我下了最壞的詛咒，要讓她變成一個沒有用的人。事實上，這目的並不是詛咒中最強烈的部分，但是我必須強調，我真的不是一個寬容的人。受人欺騙的確是非常難過，更何況…我已經毫不懷疑，我確定她是敵人派來害我的……。

2

小學三年級的健康檢查，同學們才知道我不是肉做的，我和大家不同。在保健室時，老師說我是個特別的孩子，不是一個生病的孩子，第一次感到短暫的虛榮。

班上有些同學為了讓自己看起來比別人特別，故意假裝近視戴眼鏡，真低級的手段。老師說我是個特別的孩子，是天生的，我覺得很得意。

但是我卻令老師失望，我常常騙老師說肚子痛要上廁所，其實是要去與怪獸戰鬥，因為與怪獸戰鬥，常常翹課或請假，功課都不會寫。

我的指揮官總是不斷提醒我，說我是花了三分之一國防經費開發出來的祕密武器，當敵人的怪獸出現時，絕對不能用任何藉口逃避任務。

有一次戰鬥，我從怪獸嘴巴飛進牠的肚子裡，我穿破各種噁心的內臟，從內部發動攻擊，炸出血洞，切斷骨頭，卻意外在怪獸體內迷路。怪獸表皮堅硬無比，內外都無法突破。我暫時停留在寬敞的部位，一面忍受強酸的腐蝕，一面在心裡煩惱著，應該怎麼跟老師解釋家庭作業又沒寫，也許一如往常，從書包掏出破爛骯髒的作業簿，在老師眼中並不會有什麼差別，可能只會變成她畫大叉叉和鴨蛋的練習本。照例乖乖伸手被打吧！反正我是不死之身，可是大家都會笑我，真難過。

最後，我終於找到了一個柔軟的部位—據說是屁眼。鑽出怪獸身體，怪獸已經重傷死亡。

迷路耽誤了太多時間，害我來不及清洗就只好帶著臭味及血跡趕緊回教室上課。我難以解釋為什麼僅僅上個廁所就會變成這個樣子，老師非常生氣，罵我是怪胎，長大會被人家看不起。

我那時才明白，老師說我是特別的孩子原來是怪胎的意思，會被人家看不起……。

3

有一天，班上來了另一個特別的孩子，是轉學來的一個女生，她只有一隻眼睛，另一邊戴著眼罩，像海盜那種，老師叫她坐在我的旁邊。

她有一個機器人的玩具，我向她借來玩，卻被我沒拿好不小心掉到地上摔破。看著滿地解體的零件，她並不生氣，反而用同情我的口吻對我說：「這就像你的內部一樣嗎？……好神祕……。」

我們變成了朋友，我們輪流當班上的倒數第一名。我告訴她我的祕密，她也告訴我她的祕密。我的同學她只有一隻眼睛，不過那不是真正的眼睛，那隻眼睛會飛出來，別人都不知道，在她空洞的眼窩中其實飼養了一隻烏鴉，烏鴉是她的寵物，烏鴉也幫她看路。

我偶爾會帶一些肉和餅乾餵那隻烏鴉，我的同學說這樣不太好，如果把烏鴉養得太胖，住在眼窩中會嫌太擁擠，她也會覺得臉脹脹的不太舒服，過多的重量會使她的頭部總是向一邊傾斜。

她對我真好，我們同樣是寂寞的孩子，她卻還是常常叫她的烏鴉陪伴我，自己獨自用空洞的眼窩望著月亮，月光照在空洞的眼窩中形成一道斜影，斜影的暗處我看見一點一點閃爍的亮光，我以為是傷心的淚光，其實是因為烏鴉愛收集發亮的小東西，常常把這些東西帶回巢穴。

她說她可以叫她的烏鴉幫我偷聽別人在背後說我的壞話。

她常常在我耳邊悄悄告訴我別人在背後說我的壞話，讓我覺得非常不公平，懷疑為什麼還要保護這些不斷令我傷心的人。我一度曾認為我在這個世上唯一想要保護的人就只有她，…我的同學…我真正的朋友……。

全面性怪獸大戰爭越來越接近，我的任務越來越繁重，學業更加受到影響。每天到學校總是狼狽出糗，甚至不敢走進教室，可是今天不去，明天會更悲慘。

4

有一次我的同學因為被別人欺負而向我哭訴。

我們同樣被看不起，我很同情她同時也同情我自己。

她叫我用耳朵靠近她的嘴巴，要告訴我一個祕密的計畫，她提議一個讓我們都變聰明的計畫，我覺得很有道理，她說她曾看過書上記載一個方法，只要將怪獸口腔中的某個部位取來讓大家吃下，會讓他們昏倒，拉肚子，然後會變笨，最後就只剩我們兩個最聰明。連老師都比我們笨，就沒人會看不起我們，我們一起變成優秀的模範生。

後來，我經過一次激烈的戰鬥，那一次幾乎快要陣亡，我全身被一千兩百萬度的綠色火燄包圍，四周散發一股腐臭的味道，依照經驗判斷這可能是一隻有毒的怪獸，我也不管那麼多。我把平日受到的委屈與怒氣發洩到怪獸身上，以至於常常把怪獸的屍體弄得肢離破碎。肉品公會的檢查員會適時出面阻攔我，他們的工作是要將檢驗過後仍可食用的怪獸肉趁新鮮送到批發市場去販賣，這些肉占了國人食肉量的二分之一比例，可不能輕易浪費。

那天檢查員因為交通阻塞而遲到，我正好趁機將我的同學說的那個口腔中的部位偷偷割下來，送到學校的廚房將原來午餐的肉塊調包。結果那天的營養午餐，大家都吃了那塊肉，只有我們兩個沒吃。

剛開始還很期待，即將得到模範生的表揚。我們都在校園逗留了幾天，但是都沒有見到任何昏倒的老師或同學醒來。我的同學告訴我沒關係，我卻開始擔心，她讓她的烏鴉陪著我，有時不曉得跑到哪裡去。

直到教室裡開始傳出陣陣臭味，我正想問她是不是哪裡搞錯了，廁所裡的回音引起我的注意，她和烏鴉居然在討論我的弱點，她利用烏鴉監視我，研究打敗我的方法並將情報傳回敵國。

原來她是一個間諜！

我的同學假裝是我的好朋友，她騙我。我為了成為老師同學眼中的好學生付出了慘痛的代價，代價是我的老師與同學們，都死了。

我真的不知道，他們所吃的是怪獸的儲存毒液的器官……。

我不曾想過要殺死她，畢竟她曾經是我唯一的朋友，但是我決定要用她害我的方法報復她。

5

我的同學質問我，是否偷走了她的烏鴉。我附在她的耳朵邊假裝要告訴她一個祕密，我確實對她說了一些話，然後我用嘴巴裡的口香糖將她的耳朵緊緊塞住，祕密永遠密封在她的耳朵裡。

自從祕密脫離我的唇齒之後，只剩在舌苔上積存了少許古怪的滋味，其餘記憶所剩無幾，我僅憑藉著密碼式的記號，用來提示這是我生命中的一個事件，我明白連我自己也很難再重新找到它，有點遺憾……我的祕密變成了她的祕密，好像我的寶貝變成了她的寶貝。

然後她失蹤了……。

6

重新獲知這件事，是因為幾天前在街道上遇到一個虛弱無力的小販。我不認得她，她被一群飢餓的野狗圍住，我好奇向前去觀看，當我把野狗驅離，撿到小販被野狗吃剩的頭部，發現小販的耳朵被異常物堵塞住，我將異常物挖開，祕密才洩漏出來，原本屬於我的記憶再度回到了我的身體……。

她是我的同學，我的詛咒應驗，看來她僅僅用簡單的方法維生，驚慌中

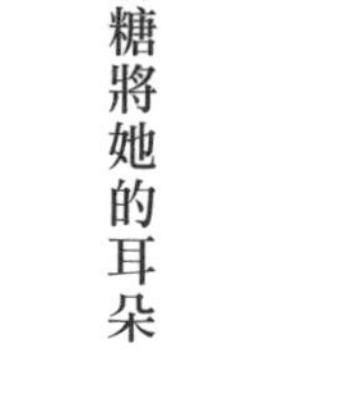

打翻的攤子只有幾樣廉價的熱飲，她似乎發出生命裡最後的力氣，也不足以逃脫這群野狗的攻擊。

我將她的頭部放回地上，離開一段距離後再轉頭看，那群野狗好像對剛剛沒吃完的頭部重新感到興趣，恐怕是因為那段密封的記憶散發出連野狗也畏懼的氣息，那段記憶流走了，野狗不再恐懼，野狗將她的頭部吃光，她的生命正式結束⋯⋯。

7

這個世上仍然存在著許多稀奇古怪難以歸類的生物，例如：加減乘除蟲和啃吃快樂蟲⋯⋯還有寄生在肚子裡的可憐蟲是依賴嘲笑的養分長大⋯。然後會進化成不知羞恥蟲，不知羞恥蟲不停長大將宿主的身體撐破，連宿主也會變成一個怪物。

很慶幸到現在為止，我努力壓制牠們成長的力氣沒有白費，不一定在某個時刻，罪惡感仍然會一波波襲來，令我感到十分悲傷，我的國家以損耗國力的罪名將我譴責了很久。戰爭仍未落幕，漸漸已有其他新式武器取代我的功能，如今我還是一個小學生的樣子，雖然再也沒有各種干擾學業的任務了，但是這麼多年來，我的成績仍舊不理想，在科學昌明的時代功課壓力更加重大，我依舊是老師經常處罰的對象，我明白不能再犯同樣的錯誤。

老師在叫我了，看來這次的處罰已經接近尾聲，我已經非常破舊，很多地方都壞了，不過我的頭還很健全，還能用來回憶這件我生命中的重要事件。

我的祕密又回到了我的身體裡，我的寶貝又重新變回我的寶貝。

思念

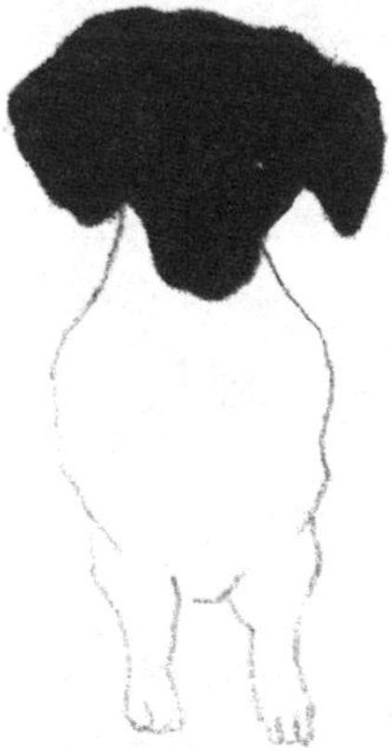

1

不知經過了多久，
即使已經信仰了印度的神，
手腳也因為感染過鼠疫而變黑。
我終於回來了，找到了回家的路。

沒有告訴媽媽，自己就偷偷跑去印度抓老鼠。
有一個印度人說，印度象害怕老鼠，以致交通大亂，印度人沒辦法坐大象到公司上班，去抓老鼠可以賺很多錢，賺錢了就可以讓媽媽得到很多幸福。

那……抓很多老鼠要多久。
大概十年。
這麼久，媽媽會擔心。
沒關係，印度的時間和我們不一樣，等你再回來時，這裡好像才過了一分鐘。
喔…好啊！
你看！布袋中裝滿皺巴巴印著大象圖案的印度錢。

我終於找到了回家的路。
嘻嘻…媽媽一定還沒發現，因為我只離開了一分鐘。
我回來了。

2

小黑從遠方回來，他以為他只是離開一下子。
但這段時間對思念孩子的媽媽來說，幾乎是一百萬年那麼久。
是啊…
平常一個普通東西要變成妖怪，大約需要一萬年吧。
一百萬年，都足夠讓媽媽變一百次妖怪了！

小黑長大後服用了鮭魚與候鳥提煉的藥，尋覓回家的路。
正當一切線索都如他所期待的，越來離家越近時，途中遇到一個獵捕犀牛角的獵人。
小黑聽說有個恐怖的妖怪，獵人認為是妖怪吃掉了小黑的媽媽，於是他決定運用在印度學到的本事，去捕捉妖怪。
可是，獵人誤會了一件事，其實媽媽並不是被妖怪吃掉的……。

3

媽媽是如何度過這漫長的一百萬年的呢？

起先，她一天一天地煮好吃的晚飯等待孩子回來。

一天又一天都是一桌子的菜。（雖然並不豐盛。）

漸漸的無心收拾，再加上新做的愈積愈多，都腐爛了。

後來從飯桌開始堆積到了整個房子。

每天傍晚，廚房仍會飄出新煮的飯菜香味，然後混和著之前腐壞食物的臭味，大約過了第八十萬年的某 天，在腐壞的食物堆上長出了開花的植物，突然有一個點滿蠟燭的蛋糕壓在植物上！（是媽媽放的。）

媽媽孤單地唱出生日快樂的歌。

唱完後，媽媽說：小黑，媽媽把蛋糕留在桌上，媽媽出門一下，祝你生日快樂。

屋外，一座紅紅舊舊的屋頂。

在夕陽的逆光裡，有一個遠比一般人大得多的人形身影，緩慢地爬坐上去，等到眼睛適應光線才看清楚那是一個妖怪，再仔細看牠的頭頂，漸漸生出一根長角，越來越長，那是因為思念而長出的角，是媽媽變的……。

思念就像⋯⋯

4

看著深夜飛舞的夜光蟲，用帶有黏性的舌頭捕食，在嘴裡不停地咀嚼一百多下，直到變成難吃無味的殘渣時，才將牠吞入喉中。

夜光蟲每隻都有不同的日期來作為牠們的名字。在小黑離開家的這些日子，媽媽多是以捕食牠們維生。

後來夜光蟲少了，加上梅雨季是不出沒的，媽媽餓著肚子在雨中哭泣，雨水落在臉上與身上，全身濕透。

5

小黑遇到了受傷的獵人。

看起來你也像個獵人，你該不會是要來跟我搶生意的吧？

說什麼奇怪的話，我是要回家！小黑生氣地說。

不過也算了，因為我已經決定要逃走，我失敗了。

我接到衛生所的通知，從蘇門答臘連夜搭船過來⋯⋯。

哈哈⋯⋯蘇門答臘，是印度的鄰居呢！小黑說。

難怪我在你身上聞到濃濃的咖哩味。

其實，我是因為聽說妖怪頭上的角，可以賣到昂貴的好價錢，才願冒險一試。

即使我曾對付過蘇門答臘最兇猛的犀牛，依然敗戰而歸。

原本我有六隻手及三隻獵犬，但是現在我的獵犬都犧牲了，我也只剩下一隻手臂沒被咬斷，差點全身被吃掉，一路上並沒看見任何人，我想這個小鎮的人一定都被牠吃光了。

小黑說：那我要趕快回家看看，還好我去印度十年這裡才像過了一分鐘，應該來得及。

你白癡啊！全世界的時間怎麼會有不同，除非是異次元空間。

小黑沉默一會：難怪我想不通，樹怎麼可能在一分鐘就長這麼高，那隻狗怎麼會才過一下子就變成木乃伊，而且房子也變得那麼破舊。

結論就是你被騙了…。

小黑急得原地跺腳。…媽媽…媽媽…完蛋了，印度人騙我，媽媽不會原諒我的，我要趕快回家！

我旅行各地看過許多失去孩子的媽媽。

她們怎麼了？小黑問。

當我把穿刺在邪惡犀牛的角上，可憐的小孩取下之後…有時同時取下好幾個。

那她們怎麼了…

她們的傷心一天比一天加倍……我也剛剛失去我心愛的獵犬，十分瞭解那種悲傷。

小黑：一天比一天傷心加一倍，困難的數學…那十年…一天加一倍等於兩天，兩天再加一倍等於四倍…八倍…慘了…手指算不完！小黑著急得想哭，

嗚…這麼傷心，我要趕快回家。

小黑一路奔跑心裡想著：是否家都被水淹沒了…流了那麼多的眼淚。

會不會也許連眼睛都哭瞎了…？

那…怎麼能逃得過妖怪的攻擊。

6

我要把你抓起來！

小黑果然看到了妖怪，正如獵人說的，不巧的是妖怪就正好爬坐在自己家的屋頂。

可惡的妖怪！妳把我媽媽吃了。我是印度抓老鼠冠軍，我要把你抓起來。

飢餓已久的妖怪伸出帶著黏性的舌頭想要捲住小黑，舌頭上還纏著套住獵犬的繩子及狗毛與插著一把被斷手緊緊握住的刀。

媽媽變成的妖怪好久沒吃到東西了，剛剛獵犬的血液彷彿喚醒沉眠已久的食慾，小黑不可能輕易獲勝，因為妖怪大約比小黑大上五十倍。

妖怪果真要吃掉小黑，可是這時空中突然出現了許多夜光蟲，媽媽好久沒再吃到最愛的食物，她吃啊吃啊……夜光蟲在她口中生出了熟悉的滋味。但那是新的味道混合著若干熟悉自己孩子的滋味，是新的夜光蟲。

在她混沌的腦中逐漸浮現出小黑的樣子，其中一隻的吃到的是一印度國王頒發獎金給小黑，小黑說：這是媽媽值得驕傲的日子，這些錢可以讓媽媽燙一顆美麗的捲捲頭驕傲地到菜市場買菜，和送便當到學校給我。

他終於可以讓媽媽得到幸福了。

媽媽接著不停地又吃了好幾隻夜光蟲，漸漸拼湊出小黑一段一段長大的過程，終於認得面前這個差點被她吃掉的少年，就是自己的孩子。

媽媽流出眼淚用手亂抓天空的夜光蟲，先緊緊擁在懷裡，然後又朝嘴巴裡猛塞，好像深怕遺漏任何一段記憶。

小黑看到妖怪緩緩自屋頂爬進屋內。

過一會，煙囪忽然冒出了許久未見的炊煙，然後是香味，雖然混合著臭味。但小黑也認出，這是在印度每天作夢都想吃的媽媽做菜的香味，雖然不豐盛，卻是最愛吃的了。

媽媽再度爬上屋頂，拉開房門招招手，然後羞怯地用手掩住臉，彷彿不敢以這樣的面貌直視自己的孩子。

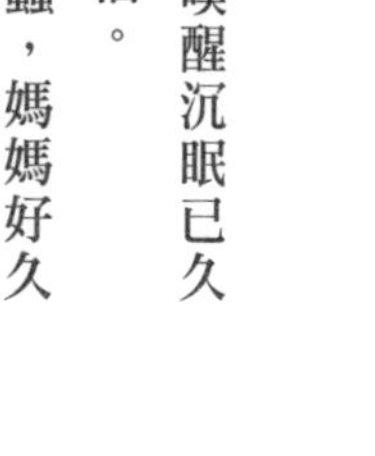

小黑躡手躡腳走進門，又趕緊退步出來，迎面而來的臭氣幾乎令他抵擋不住要跌倒。

他在屋簷下忽然淋到了濕濕的雨。不，不是雨水，前面的地是乾的。是媽媽在哭，屋頂上落下來的眼淚中有媽媽常用明星花露水的味道。

你沒有吃掉我媽媽，你就是媽媽對不對？

妖怪沒有回答，但是哭得更傷心。

牠潛身躲入屋頂的另外一個面讓小黑看不到牠，眼淚還是像雨水一樣落下。小黑站在屋簷下全身都濕透，但那是香香的雨。

媽媽，讓我看見妳，妳是不是不原諒我，我以為我只離開了一分鐘。等了好久，小黑放下錢：這是我努力賺來的錢，我以為這樣可以讓妳得到幸福。

小黑失望地說：妳是不是希望我走開。

小黑低頭轉身正要離去，聽見身後傳來屋頂瓦片踏破的聲音，趕緊回頭，媽媽又再度出現，並對著小黑做出離開的手勢。

不要再回來了！媽媽突然開口說話，

走吧！我的孩子，你已經長大能夠照顧自己，我們不能在一起，媽媽已經變成這樣子，也許會不小心把你吃掉。

媽媽對不起，我離開家都沒有告訴妳，都是我害妳變成這樣子。

別再說了，媽媽瞭解你的心意。

快走吧！

兩人難捨地停頓幾分鐘相視不語，媽媽終於還是說話。

……孩子，你下輩子還要我做你的媽媽嗎？

……媽媽，那妳下輩子還要不要我做妳的孩子？

呼！……

小黑看見媽媽化成一陣煙升上了天。

印度 印度 生得真美麗
有很多老鼠 咖哩真好吃
你愛印度 印度也愛你
你會跳舞 它更愛你

春天

我穿越草叢。（清脆的敲擊樂聲，哼著歌聲。）

「敲敲門。扣、扣、扣！」

「喂，我找48號七星天牛。」

「喔，我是26號的長臂金龜，七星天牛出去了。」

死蝦子：「唉，等等，我知道，我知道，剛剛還有看到，我幫你去找。」

死蝦子在垃圾堆的果皮上找到七星天牛。

死蝦子：「你果然在這裡，我就知道你在這裡吃東西，上個禮拜健康檢查醫生說你身體不好，別吃那麼多。快來，快來，有人找你。」

長臂金龜：「對了，忘記問，你來做什麼？」

「喔，我是快遞，有人託我送一張字條給他。嘻嘻…你們鄰居真是熱心。」

長臂金龜：「哪裡，哪裡。住這邊的都是這樣，老社區都很有人情味。」

我將字條交給七星天牛。

鄰居們都聚集上前。

七星天牛：「是到春天旅遊的招待券呢，抽獎抽到了耶！」

死蝦子：「什麼抽獎啊？當心被騙喔……」

七星天牛：「別擔心，我想現在就出發吧。不過…我想我需要一隻強壯的手臂，才能提得動沉重的行李。」

長臂金龜拔下手臂遞給七星天牛：「你要記得還給我喔…嗯……還有禮物。」

蝴蝶：「我想你應該會需要我的翅膀，可以讓你很快到達。」

獨角仙：「那我的雷達天線也借給你，你就不會迷路。」

七星天牛看著鍬形蟲：「把剪刀借我好不好，如果有好吃的果子我會帶回來的。」

「再見…再見…」

死蝦子：「哪有這麼好的事…喔，其實我也滿羨慕的。」

長臂金龜：「至少我的手也去了呢…」

蝴蝶：「我的翅膀也是…」

獨角仙：「嗯……。」

七星天牛在大家的祝福中踏上前往春天的旅程。

探望

今天要去探望一個人，特地繞路去小店買了絕跡已久的彈珠汽水，因為我想要得到瓶子裡的彈珠。

自得到第一份工作的那天開始，我們便分離了，從此我對她的記憶變得片片斷斷。

那是個我曾經熟悉的女士，她離開了我搬去一座位於海岸花園中的小房子，一間鑲滿珠寶的房子，裡面藏滿她所珍惜的各種寶物，她成為住在小房子裡的貴婦人。她之所以會這麼認為，我並不意外，過去每次探望她時，我總會為她帶來各種閃閃發光的小東西，有了這樣的賄賂，我才得以進門與她見面。後來發現她對小彈珠特別鍾情，在小房子裡每一個能稱之為隙縫的地方，用盡方法將彈珠塞進去，甚至用到吃飯的湯匙來製造新的隙縫。每當夕陽斜射進屋裡時，看著亮晶晶的珠寶，她會特別平靜，這時的她與平時的她截然不同。

畢竟在這樣的環境中要培養良好的情緒是太難了，這間鑲滿珠寶的小房子的真相是：那些她所珍惜的寶物大多是外面蒐集來的垃圾，與長期未清理過期的食物，當寶石鑲滿了房子裡所有的物品時，彷彿就變成了一座華麗的

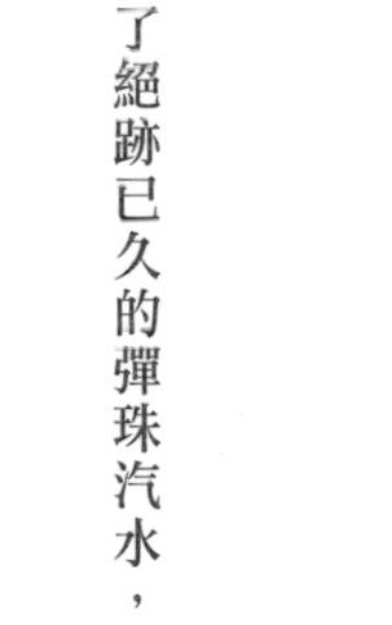

垃圾山。

我總在冬天前來，我會選在攝氏十度以下的冷天氣才來，記得第一次在夏天來探望，當我一打開房門，迎面而來的臭味像是有人在我臉上重重地揍了一拳，不知是因為房中累積太多的沼氣，使得我的母親；那位我曾經熟悉，如今記憶片斷不全的女士，產生變形，變得好像只有顏色與輪廓在扭動。

那次以後，我只在冬季前來，我會特別注意氣象預報，事先安排假期。母親不與任何人往來，甚至是我，她的親生孩子。但是她今天卻意外主動邀請我留下來晚餐，她準備的是一塊發臭的羊排，我並沒有接受她的好意，是否有點不近人情，心裡也曾遲疑著，我還是離開了。

一路上我不停回想這些年懸浮在心中的掛念，她的那個無法接近的世界，就像月球的背面那樣永遠無法窺見，除非親自踏上那裡，並攜帶足夠照明的電力，否則自己也將像謎一樣被吞沒在無盡的黑暗裡。

這回是我向她正式宣告我們永遠的分離。臨走前我哄她上床，在她眼光矇矓即將入睡之際，我附在耳邊悄悄告訴了她這個祕密。

「妳將要離開了，未來一定更加幸福，有位顯貴的紳士要妳隨他嫁到遠方，他允諾將會給妳一個更豐足的新世界，在那裡妳的思緒將得到平靜，在那裡，妳的身體將會比較輕盈，而且衣食無缺，並有數不盡的浪花作為妳的寶石，我絕不向別人承認是妳的虛榮作祟，真心相信妳是無法拒絕他誠意熱烈的追求。他是海裡面的國王，而妳將成為他最心愛最心愛的皇后……。」

我將她從窗子送入海中。

虛構的公園

自從世界末日以後，我的周遭便找不到一片乾淨的土地作為我舒緩情緒的場所。

於是我在自己的腦中建構起一座大片綠色草坪的公園。

原本我要進入自己想像的公園並不需要任何鑰匙，但是有一天公園卻主動向我索求，不讓我進去。

我根據了它的需要帶了橡皮擦、發條玩具、彈珠、電話、鴿子…等等各種東西。就像鑰匙一樣憑著這些東西才能打開門。奇妙的是，這些東西都在我下次再來時變成了一項項的遊樂設施。譬如橡皮做的遊園蒸汽火車，發條旋轉木馬，鑲嵌著玻璃珠的露天劇場，數字形狀的游泳池，羽毛迷宮…等等。那像是準備著使人樂意前來的設施。

直到有一天，公園顯得有點擁擠，我便不用再帶東西來了。

有一次，我要進入公園時，發現一隻在我之前的小白羊，不需要任何鑰匙，門就自動為牠開啟，然後公園再度拒絕了我。

公園希望有一隻白羊來吃草，也為草地貢獻一些養分。

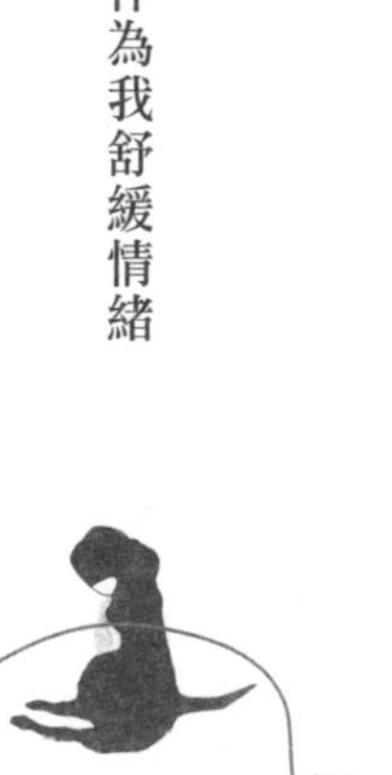

但那隻白羊看來只不過是我記憶中小時候所畫壞了的一隻山羊，從我記憶的某個角落跑出來，我實在懷疑牠所能帶來多好的養分。

我腦中的公園背叛了我，它希望更多不同的人前來，我的壓力非常大，可是我想到了解決的辦法，一方面也證實了我的猜測，我開始分裂成各種不同的身分。

接下來的幾天，我都能以不同的身分進入，但卻沒人能重複進入。而那些已經分裂出來的我，無法回收，他們只能待在公園外枯等。

不久之後，他們相繼失去耐心，開始暴動。我無力攔阻，甚至開始為自身感到危險。

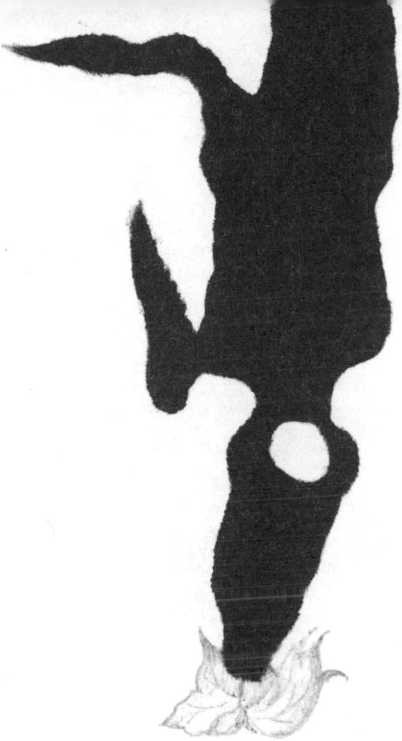

退潮

即使有機物與無機物無法用同樣的語言溝通，但在過去的某個年代裡他們還是曾經憑著意志，進行過一些對話。

黝暗清冷的冬夜，月亮遠離，也是退潮的時刻。

明天，老火車頭快要被拆毀了。趁著沒有月光的暗夜從廢鐵工廠駛出，用積存的雨水與小白貓偷來的炭火啟動，深怕趕路不及。

在這麼冷的夜裡再也沒有另一隻貓願意離開已經加溫的巢穴，到冷風刺骨的海邊去，小白貓接受老火車頭的承諾，答應送給牠能夠令牠滿足的禮物，一路上窩在老火車頭的鍋爐旁，溫暖得超出小白貓的期待許多。

小白貓伸出窗外望向即將到達的海岸，軌道的盡頭直直伸向海裡，牠有點擔心，老火車頭果然還沒有停止的打算，繼續沿著鐵道向前。不過擔心大概是多餘了，隨著他們靠近海水開始退去，出現好幾個漩渦，有魚在漩渦上跳動著。小白貓最先看到瘦瘦的鐘塔，然後是一座車站漸漸露出水面，老火車頭似乎相當期待接下來的一些事情，從堵塞的汽笛管道中發出了細微的氣鳴，火車進站了，緩緩停下來。

沉沒在海中的舊車站，像是將海水撥開那樣，迎接很久不見的朋友，也正如老火車頭來訪的目的一樣。

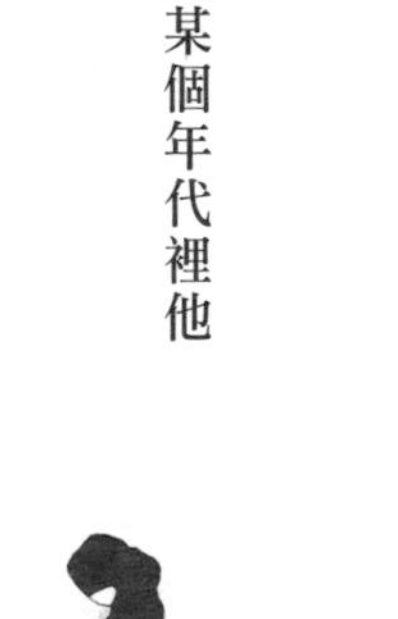

小白貓根據老火車頭說的，找到車站裡第一個沒上鎖的寄物櫃中的兩把鑰匙，並用這兩把鑰匙打開兩個鎖著的櫃子，找到了一隻玩具兵與一把人造花瓣。

一切彷彿都如老火車頭預期的那樣，一件件發生……

小白貓費力地將玩具兵啣到瘦瘦高高的鐘塔上，停滯已久的大時鐘似乎覺得很高興，玩具兵的身體裡開始吱吱嘎嘎地響起齒輪活動的聲音，大時鐘也加入發出了更大的聲音，然後更激烈地敲起鐘聲，敲了二十二響。後來聽老火車頭說，玩具兵身體的齒輪是大時鐘的齒輪的孩子，它們都為相聚而感到快樂。

二十二下鐘聲響徹附近海域，把躲在海鳥眼睛裡旅行的食慾喚醒。本能使得海鳥群聚在鐘塔頂仔細觀察，但百年的沉睡使牠們不能立刻正確地辨識目標，人造的花瓣被海風吹動，好像是重新復活的生物，當所有的海鳥同時聚集於一側，傾全力注視那翩翩翻動的目標時，不意外地，也使得長年浸泡在海水裡的鐘塔開始傾倒。

若不是因為傾倒的角度計算得正確，便無法將阻擋在車掌室門前的倒柱推開，不過老火車頭畢竟是工業技術製造的產物，對於數學計算並不陌生，於是車掌室的門正如估計中那樣地打開了，老火車頭在海鳥一陣驚慌鼓翅的殘影後，終於如願看到昔日的老朋友，一個只剩下骨骸仍穿著制服的車掌……

一隻寄居蟹藏在車掌骨骸的下顎中代替車掌發言，小白貓靠近幫忙傳話，小白貓如實傳話給老火車頭，如同昔日車掌指揮著火車行進的路線，老火車頭滿意地發出低鳴，啟動倒車。還剩餘一些時間可以帶著小白貓離去，隨後潮水將漲回比原來還要高的位置，這是有機物與無機物有記載以來的最後一次對話。

老火車頭要回到廢鐵工廠靜靜等待，小白貓在蒸汽鍋爐上看見貼著幾十條半熟的魚，老火車頭最後一次加足火力用車身鐵板的熱度將它們烤成魚乾，小白貓並不見得喜歡熟食，但也正好能夠放得比較久，畢竟這個大禮物也不是短時間之內吃得完，小白貓在魚乾未吃完之前也將見到老火車頭被一塊一塊拆解。

老火車頭在最後一夜仍然努力在心裡背誦著車掌要小白貓轉述給他的內容，內容是他和車掌相約在天堂會合的時間與路線。

舊車站在過後幾天的一次海嘯中完全被摧毀，除了漂流失蹤的寄居蟹以外，小白貓很可能是世界上唯一知道前往天堂行進路線的生物，但小白貓並不覺得這有什麼特別值得在意的。牠在廢鐵工廠某個角落的巢穴中，將魚乾布置在睡床的周圍，有助於他在睡眠中多作幾個好夢。

造字的旅人

長時間四處漫遊的旅人
那是一個南美古城仍懸浮在五百公尺低空的年代
石塊與木柱構成的建築體

鬧市裡，一個比較安靜的轉角
旅人放下手上的提箱，坐在階梯上
打開提箱拿出一件重要的東西，一本厚達幾百頁的記事本
準備進行他一邊旅行一邊記錄著的工作

這時，旅人身旁走過一位商人牽著一頭異國捕獲的野獸
野獸掙脫商人的繩索，好奇地走向旅人翻開的書
瞬間，那隻異國的野獸竟被吸入旅人的書中
書本的書頁上突然顯現出了異國野獸的圖像
如同象形字般簡化的圖案印記
這便是旅人書寫的方式之一，他是一位造字的人
藉由攝取旅行中新奇見聞作為他充實著作的養料

巨大的震動聲，由遠而近

一隻超過樓房高度的巨大的象
大幅的腳步跨過旅人隔鄰的街道，走向人聲雜沓的市街
那是一隻揹滿沉重樂器可憐的象，牠在宣傳著自己的馬戲表演節目
那齣曾經在過去風光一時，卻已沒落無聞的馬戲節目
預定黃昏剛過，天未暗時就將要開演了

大象宣傳發出的聲音雖大
街道的人們卻沒有人想注意牠，行人對牠仍視若無睹
大象試圖在喧鬧的街道表現拿手的本事，翻起跟斗引人注意
並且小心地不踏到行人
旅人意識到這是值得他記載的難得機會，他沿街追著象的龐大身形
翻開空白的書頁一邊跑著，一邊自口袋掏出筆沾著墨水記錄著對大象的見聞
這又是他書寫的另一種方式之一

除了旅人的注意之外
還有城市另一頭聽見大象宣傳節目聲音的一群孩子，也被深深吸引了
但可惜他們都被鐵窗囚禁著

大象辛苦地來到預定表演的廣場
開演的時間到了，卻沒半個人來
大象卸下背上沉重的樂器，失望地坐下
在廣場旁，追趕而來的旅人用一人的鼓掌聲企圖鼓舞大象振作
但旅人的手並不適合用做鼓掌的動作，只能發出細小的聲響
大象終於虛弱地倒下，躺在地面，並迅速地死亡化成枯骨

這時，抱著熱切心情，城市另一頭的那些孩子
他們掙脫了鐵窗趕來，卻還是來不及了
這一切都在旅人的書本中持續被記錄著

孩子們望著大象的骷髏哭泣，天色漸漸黑暗
他們好想看到大象再動起來，但是那已經不可能
於是孩子們想到，用了長長的竿子將大象的骨架撐起
像操縱偶戲那樣，模仿大象走路的樣子，在街道上遊行了起來

天更暗，剛成為骸骨的大象釋放出近似鬼火的發光物質
街道變得明亮了

旅人追隨著，緊接著仍不停記載，填滿了更多的書頁
書頁中記載了更多與夜晚的隊伍與骨骸，與夜光有關的新字

奇異的光終於引來夜間步行的街人注目
有一部分並跟隨進入隊伍裡頭
隊伍順著街道走向一座橫跨斷層兩岸的石橋
隊伍的重量使古舊的石橋難以承重而斷裂
所有的孩子，追隨的路人，大象發光的骸骨
都跟著斷裂了的石塊墜落至這座懸浮在空中的城，城下的大海

旅人幸運地在陷落的石橋邊緣踏上一塊堅固的石階並沒有落下
但是他緊接著便改變主意也跟著往下跳

下墜的過程中
旅人仍不忘記翻開書本企圖記錄著造出新字
卻意外地發現，剛才因追蹤大象所造出的新字
隨著孩子與骸骨的落海與沉沒，竟開始如煙般消失

也許旅人並不只一次遇到過同樣的情況
所以，他知道已經到了這一次徒勞無功的旅程的終點
旅人熟練地抓起同樣在下墜，漂浮在身旁的提箱
按下提箱把手上的一顆按鈕
提箱傾刻間機關張開，拼合成一道門
旅人從容地圍上厚重的記事本走入門內，門關上
又傾刻間，機關一片片閉合收起，縮回成原來提箱的樣子
幾秒鐘後提箱落海

提箱浮沉在海面，看來這應該是旅人慣常用的旅行方式
提箱載著旅人與記事本，任由海流拖引漂移
繼續前往下一段的旅程

泡
泡

壓力很大的小學生們
上課時大家輪流打瞌睡
糟糕的是
當小朋友打瞌睡時，從鼻孔冒出來的泡泡
變成了各種到處惹禍的泡泡怪物，大大小小
泡泡怪物在學校裡，小鎮裡，在家裡到處搗蛋
有時幾個同學同時睡著，好幾個泡泡怪物還會合體
說實在，大多只是無關緊要的搗蛋，把事情搞砸而已
比起大人們引起的爭端，真的是無關緊要小事
但是
卻有一個由家長與老師們組成的祕密組織
專門負責對付泡泡怪物
他們派出泡泡的剋星，各種長刺的東西
用尖銳的刺把泡泡怪物刺破

大人以為這樣就把危機結束了
其實這些泡泡怪物都是壓力很大的小學生
打瞌睡時不小心就跑出來的潛意識變成的

終於有一次，暑假前最重要的月考
老師出了一大堆超難的題目，沒人答得出來
全校所有的小朋友都一起睡著
泡泡怪物超級合體，把小鎮踩平了

從頭到尾，大人們卻還是不明白小朋友的心事
而且，有些可能還是因為大人所引起的呢

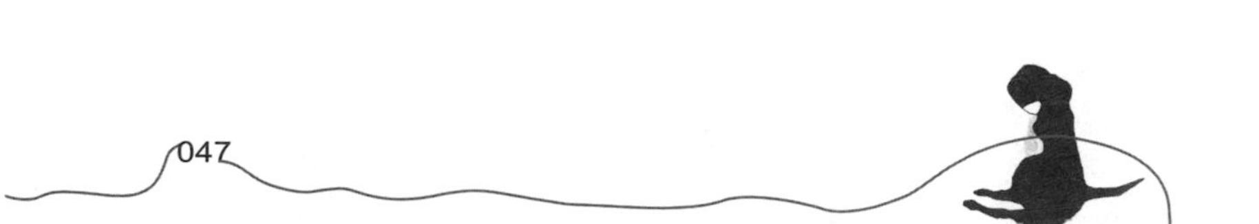

長頸鹿歷險記

—世界第一美麗的夢—

［序幕］

我們通常不會預見自己死亡後是如何被人遺忘，當有一天我們在垃圾桶撿到一顆頭顱的時候，是否會因此而獲取頭顱主人的甘甜美夢。

在長頸鹿把頭拆下進行改造之前的半分鐘，他確實還在回顧著從小到大的一生，而這些往日時光回憶的遺物，都在取下頭顱的半秒鐘之間，變化成奇怪的形體，頭顱的某個深處的角落，也變成了冒險的迷宮。

只不過隨著時間的推進，原本生機繁茂的樂園也漸漸成了腐敗的廢墟，肉食寄生者的宮殿。而先前變成奇怪形體的美夢四處逃竄，難免有些被啃食，成了更深更深的遺忘。

畢竟一個修剪葉子的機器人還需要這些做什麼呢？走吧！遺忘之國會寬容地收留他們的。

［有光與虫的房子］

長頸鹿曾經說一生最美麗的回憶，居然是一間空蕩蕩的房子，很奇怪是嗎？

也許並不特別異常，那一夜全世界的燈正好不明原因同時熄滅。

也不見得就如同所有災難前夕那樣，先是安靜一陣子，接著來自各種動物的低吟打破了寂靜，然後是各種昆蟲拍翅的沙沙聲……。

也許偶爾，不幸的事總是伴隨著準確的預感發生。

當他雙手在黑暗中亂抓，心裡彷彿已預知許多無可改變的結果，而產生一股悲傷。他仍然記得數十隻蟲子從他指縫間鑽過的觸感，據說蟲子並沒有帶給他們什麼祕密，他只記得蟲子帶來了一幅幅美麗無比的圖畫。

通常，在好天氣的夏夜，最令人興奮的就是來到這間空蕩的屋子裡靜靜等待。他說，即使重複一百次也無法消除那種等待時奇異又神祕的緊張感。

這時街路上的各種光會透過某種奇妙的角度，恰好地投射在屋裡的牆上。

然後，蟲子像是被光接引，一隻一隻從各處聚集過來，聚得滿牆都是，什麼樣的昆蟲都有，就像以前一樣，就像他說過的，每一次都不一樣，那些美麗無比的圖畫。

也許真的是偶然；

那一夜全世界的燈正好不明原因同時熄滅，一點光也沒有留下來。

確實不如災難前的徵兆一般，但直覺卻是超越向前的。

這時正當全世界對幽暗恐慌，對光亮渴望之際，月球詭異地從濃厚的雲層探出頭。

一瞬間…好大好亮！美麗的圖畫開始漸漸分解，蟲子陸陸續續飛走。

在月光的照映下所有的蟲子都飛得好高，蟲子受到月光的引誘。

那一夜長頸鹿也站在月光裡，這是他極不願回想的一幕。

那一夜他覺得他的美夢都隨著蟲子四散而被帶走，他的美夢就像一幅原本絢爛的拼圖，在每隻蟲子身體裡各隱藏了一部分的美夢，然後突然就散掉了，飛走了。

不知為何，蟲子再也沒有回來，他的家人在接下來的一段時間中也一個一個消失在世上。

事實上，沒人知道是否如他所說都飛到月亮去了。

一直以來他認為：都是壞月亮搶走我的寶貝。

「記憶的果汁」

長頸鹿在街上修剪樹葉時，會特意迴避有鏡子與人面玻璃的地方，以至於街上的樹葉總是剪得參差不齊，他並不是個稱職的工人，之前也不是…。

報紙上刊登動物園的新聞：「動物全部都死了！」

這件新聞轟動一時，原因在當天醫院的病歷上記載得清清楚楚，所有動物解剖過後的結果，肚子裡全都塞滿了垃圾，也許有些動物們曾經預期過類似的結果。或許不那麼糟，但是就算不這麼做，難道等到被裁員之後流浪在街上會更好嗎？最後只會被送到屠宰場而已吧！

根據長頸鹿的一個同事（大象）說，他曾在自己的糞便中發現過一把工作人員餵食用的鏟子……當時應該是餓壞了吧！但他十分相信，就算是吃下別的垃圾也同樣會順利排泄出來。幾乎所有的動物都開始願意相信，並追隨這個信念，決定要以這項特技贏得受歡迎的頭銜。

遊客真的非常可怕，動物們在前一天夜裡悄悄把禁止餵食的告示牌收起來，第二天遊客們便立刻毫無顧忌地展開各種大膽的試驗。除了一般食物之外，動物們對於各種垃圾也都勇於嘗試，希望能獲得遊客最大的喝采，他們甚至為各種物品分別訂定了分數，預備列入考績之中，在一些飢餓已久的動物眼裡，塑膠袋加上熱狗殘餘的番茄醬，還算是可以接受的食物，或是種種諸如此類的搭配方式。

那天大概是這個長期經營不善的動物園有史以來最風光的一天，遊客爭相湧入，連帶附近交通狀況也爆滿失控。

長頸鹿已經忘記有多久不曾再看到這麼熱鬧的景象了，音樂自破舊的喇叭中再度播送出來，褪色的布旗重新在風中飄搖，他想，總是比沒有來得好吧！

然後長頸鹿顯得有點不安，當他看到大家拚命爭取遊客喝采的同時，也不免為自己往後開始擔心，他雖然知道吃垃圾會生病，向來不愛理會遊客的長頸鹿，也不得不對遊客的要求稍微遷就一點，但垃圾畢竟是垃圾。

等到夜間新聞報導出來的同時，大部分的動物早已急救無效相繼死亡。

「保險呢…？」

「沒有！」

「家人呢？」

「…也沒有！」

「沒朋友嗎？」

「都死了……。」

當大家都吃了太多垃圾中毒的時候，他長長的脖子就像無底洞一樣填不滿，還繼續在吃，直到整個脖子塞滿垃圾呼吸困難，頭部嚴重缺氧。

「喔！…第一名啊…！」

醫生的語氣雖然很諷刺，多半是因為犧牲了休假而感到不悅，但對於醫治長頸鹿的方式算是相當盡職的。

市政府透過新聞中宣布：「動物園的動物全部都死了！」

全市的市民，將因為這件事遭到稅金加倍，福利減半的處罰。

當天晚上，罐頭工廠的貨車在醫院門口等候已久還沒有離開，為的就是長頸鹿的急救方式發生爭議。醫生把正準備送上貨車丟掉的長頸鹿攔截回來，醫生認為窒息缺氧並不像全身中毒無法急救，長頸鹿雖然吃下不少垃圾，卻大部分堵在長長的脖子裡，造成呼吸困難，毒素並沒有被肚子吸收，只要將缺氧的頭部好好治療，仍然是可以恢復健康，不能當作屍體處理。

長頸鹿不瞭解這件爭議的過程，在日後逛超市時，看見貨架上陳列的大象，獅子，河馬等肉類罐頭時並不知情，他還好奇地看了一眼新上市的產品，不過仍舊是以選購草食動物的食品為主。

長頸鹿的頭被切下來留在醫院繼續治療，醫生為他換上一個臨時替代的機器鐵頭，這是緊急的醫療程序，醫生很少作出這種決定，因為不熟悉而發生了疏忽，醫生忘記將長頸鹿的記憶果汁從頭部抽取出來，混合著止痛藥讓長頸鹿喝回去。

長頸鹿還沒有喝下自己的記憶果汁就糊里糊塗地出院了，這是另一個災難的開始，他變成一個沒有記憶的人。

比起剛出院的那段日子，現在好多了。

在他受雇幫街道的樹修剪葉子之後，生活變得比較安穩，以長頸鹿長長的脖子來擔任這個工作是非常適合的。他常想起之前那段在流浪街頭的日子，雖然每天早晨仍會被鏡子中陌生的容貌嚇一跳！卻也不會比那段流浪的時光更令人恐慌。

沒有喝下記憶果汁的長頸鹿出院後忘了自己是誰，忘了曾經發生在動物園的事，自然也忘了回家的路，只好在街上流浪。

大自然真是神祕，不知道記憶是不是會殘留在細胞裡對身體造成影響，長頸鹿雖然忘了自己是誰，每當在鏡子或玻璃中看到那個原本不屬於自己的頭顱時，身體就會開始無法控制地不停顫抖。

一如以往，每當經過一些空屋前，他的身體還會自動佇足停留，脖子拖引頭部伸進窗戶探看一會後，才滿足地離去，或許他也曾經察覺到，在他的身體裡，同時還殘留著一種討厭月亮的感覺……。

［太空人］

沒有人知道，月光在一剎那行進的路線中還影響了什麼事，在什麼人的心中造成了什麼樣的美夢。

太空人在一次夜間飛行的途中，曾經目睹一項奇景，他看到了一條從陸地連向月亮的路，在月光下閃爍鱗光的路。

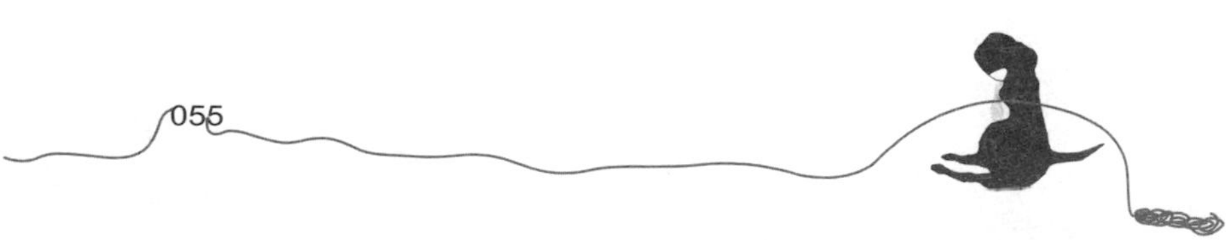

他曾經比一般人更接近過月亮。

他的飛行員爸爸載著他在夜空中飛行，那一夜好像進入了一個黑暗國度，天空布滿烏雲，全世界的燈似乎也正好不明原因同時熄滅，天空與地面好像沒有分別了。

他不停大口地吸氣，很擔心誤入了一個真空世界。

「直接進入太空了嗎？」

突然間，月球急速地從濃厚的雲層探出頭來，一瞬間！……好大好亮。使他產生一種錯覺，月亮好像伸手就快要摸得到，他的爸爸更興奮地喊著：是啊！只要再往前飛一點，我們就到月球去了。

但是可惜，汽油即將用盡。

在返航的途中，他不經意回頭再看遠離的月亮時，竟然就看到了一條不知道是從陸地的哪裡連向月亮的路，在月光下這條路閃爍著鱗光。

從此他對這條路的存在深信不疑，以至於他的飛行員爸爸在飛機失事後，他都還偷偷猜想爸爸是不是為了找尋這條路而去探險了，慢慢長大後他才知道，並不是…。

當太空人首度如願坐上登月火箭駕駛艙的同時，心裡所浮現的畫面不是科學家所提供的路線圖，而是自己心中的路線圖，也就是那一夜他與爸爸親眼所見的路。

他忍不住為自己曾經犯下的小小邪惡作出一點懺悔，有幾次他真的曾經偷偷在心底溜過希望太空船發射失敗的企盼，畢竟是犧牲不少前任太空人之後，才為他帶來了這次機會，他也誠心祈求在登月的路途上，千萬別讓他遇見這些前輩漂流在太空中的鬼魂。

只是好運是會用完的，也許還剩一點點⋯。

太空船失火，火燄從地板冒出，煙霧很快就彌漫整個駕駛艙，太空人無法呼吸，時間緊迫，等待救援的每一秒就像一小時那樣長，能夠依靠的真的就是那僅剩的一點點好運了。

太空人醒來，驚訝地發現自己還活著，真幸運。

只不過感覺有點怪怪的，那種怪怪的感覺是從醒來之前就發生的，一直到他醒來之後，好像作了一個奇怪的夢。

在夢裡自己好像長高了，嗯⋯視野真好，脖子似乎也變長了，細細的，還聞到了遠方傳來草原的香氣，居然引起了飢餓的感覺。

前方好像還有人在向他招手，而且還好像是幾隻長頸鹿，但是他並不認識任何一隻長頸鹿⋯。

太空人醒來雖然發現自己還活著，但是這顯然不是他最關心的。

他只是急忙的問：「還去太空嗎？」

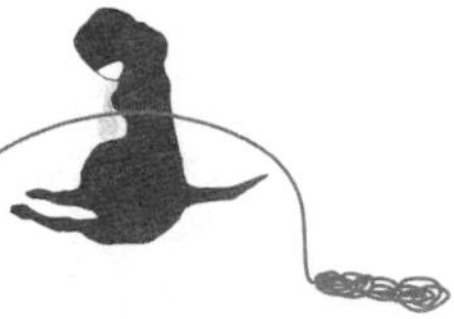

「只要你還願意，你還願意嗎？」

「太空船的電線只是接錯很快就修理好了。不過…還有一個小小的問題…」

「什麼問題，我完全沒有問題！」

「哦不，只是識別證上的照片換過罷了，馬上就完成。」

等到他拿到全新的識別證時他才發現，照片上完全是另一個人的臉。

「他不是我，他是誰！」

「他就是你。」

在前往太空船發射基地的途中，他才慢慢理解剛剛在醫院中所得到的解釋：「那場火災裡你的頭受到很嚴重的傷害，我們把它留在醫院治療，只好暫時為你換上長頸鹿的頭，這個頭存放在失物招領櫃裡一段時間，一度曾經被丟掉，又被撿回來治療好的頭。長頸鹿失蹤了，我們為他保存了抽取出來的記憶果汁，並將你的記憶果汁注入進去，看來你必須暫時使用它了，也許等你從太空回來，就可以重新使用你原來的頭了。」

太空人還沒來得及想清楚，就已經再度坐上了剛修理好的駕駛座。

這天，長頸鹿在街上忙碌著工作，並沒有看到電視上這項報導。

這天氣候並不是很好，太空人也從心底懷疑著太空船的安全問題。

但是願望為他帶來冒險的勇氣，說真的，他冒險完全不是為了全世界，他是為了自己與爸爸的願望，才踏上月球的。

所有人在斷斷續續的訊號中，若隱若現地看見他踏上月亮的重要時刻，大家心裡所認為看到的畫面，其實遠比自己所見到的還要更清晰，靠著很多想像力填補了訊號中斷間的畫面，而太空人也成了大家滿足成就的替身，可是他很明白，這不是他要的。

太空船發射，穿過不同顏色的雲層，經過大氣層和不知名的慧星，離地球越來越遠。

也不知道是不是因為透過長頸鹿眼睛觀看的影響，一路上都覺得特別怪異，他的朝聖心情受到干擾，甚至有一段時間視線都被眼淚模糊了，模糊中他想起在醫院醒來之前的夢。

在那個夢裡，幾個向他招手的長頸鹿的身後有顆非常大的月亮。光很強，長頸鹿消失在月光裡，他彷彿受到提示般感覺到這顆頭與月亮曾發生某種關聯，而這顆頭拯救了他，他認為有責任為這顆頭原來的主人多留意一點什麼。

登陸月球的任務完美成功，電視上都有報導。太空人看到了什麼，攝影機並沒有完整拍攝到全部過程，太空人也沒有講，似乎有所保留。

其實太空人心裡想把一些祕密存留在記憶裡，預備留給一個既熟悉又陌

生的朋友來解答，他覺得這次旅程的記憶，有一部分應該是屬於這個朋友的，這顆頭原本的主人—長頸鹿。

太空研究總部對於他的保留相當不滿，發言人譴責他隱瞞了可能對全世界有利益的祕密，還威脅說要把一台火箭塞到他的屁眼裡並派另一個太空人到他肚子裡去找他吞下去的祕密。

太空人找尋失蹤的長頸鹿，根據夢中印象，畫出幾張奇怪的圖，在報紙上刊登尋人啟示。

不久之後得到了回應，僱用長頸鹿的老闆將長頸鹿帶到醫院，來到太空人的面前，並由醫生向他說明，長頸鹿這時才終於明白自己之前所遭受的災難的原因。

「我終於能夠用我原來的記憶找到回家的路了。」

「我想知道你的名字⋯。」

「我叫阿姆斯壯。」

「月亮其實沒有那麼壞」

醫生說：「真是一個失誤啊！」

阿姆斯壯說：「最好小心⋯⋯！別落在醫生的手上。」

醫生苦笑：「別這麼說，畢竟還是將你們治好了。」

醫生仔細地把手術步驟寫下來，以免忘記：「長頸鹿的頭＋長頸鹿的身體＋長頸鹿的記憶果汁＋阿姆斯壯在月球的記憶。」

「請你千萬別搞錯了！」兩人同時說。

長頸鹿和阿姆斯壯在交換頭部手術後並沒有多交談，兩人揮揮手道別。後來長頸鹿也不曾再對別人說過阿姆斯壯到底看到了什麼，但是他對一些事的看法好像開始有點改變，有時會發現他看著家人的照片喃喃自語：「⋯⋯又和那時候一樣，好像回到小時候。」

「⋯⋯其實，月亮沒有那麼壞。」

那天午夜，不知是夢境或是記憶重現。

長頸鹿和家人一起坐在客廳裡，客廳到處都停著美麗的昆蟲，大家的表情都很開心，窗戶外的丘陵上也都是昆蟲。一架飛機飛越丘陵，在丘陵後面漸漸昇起的是，我們所存在的，美麗的，藍色的地球。

睡美人

王子幾乎要碰到公主的嘴唇。

不過他們正好還隔著一層灰塵的距離。

王子彎下身立跪著趨近偎合公主保持觸碰到紡錘針的剎那倚牆滑坐在門邊的姿態。

公主即使全身蒙上了一層灰塵，她魅惑人的美麗並沒有因時光的流逝而有任何減損，她看來更像是一個完美的雕像，使王子禁不住想貼近公主的嘴唇。

時光的流逝好像真的沒有使這座著了魔法的城堡產生任何變化，從王子進到城堡的範圍起，他所見到的，百年前的事物都靜止地陳列在他的周圍，對於從小慣用各種華美事物善於判別各種時髦風尚的王子而言，毫無疑問的，確如傳聞中的，此間富麗堂皇卻一一都是道地的屬於百年前的事物，包括城堡中各種身分的成員、烤爐上的松雞、火焰、甚至是女侍抖開在半空正要鋪上餐桌的白布。

但，是不是灰塵也該睡著呢。

王子從好奇轉而感到疑惑。

即使城堡外圍包覆的荊棘都為他打開了一條寬敞的通道，是否又如來此一路間市井中的人們那樣刻薄的談笑說的，所有引誘人容易陷入的陷阱不都是如此嗎。

若是公主真的受到時間變化所影響或傳聞不夠真確，不知是否親吻公主而公主仍不會醒來，從此他會被誤傳為迷戀死屍的人，或者也許更不幸的，不幸的他會被公主的死屍所愛上，畢竟這是魔力所及沒有什麼不可能的世界。

王子在這剎那間，竟慶幸起公主的唇被灰塵所包覆，有這層灰塵遮擋隔離了他們幾乎已經接觸到了的嘴唇，第十三個女巫的魔咒暫時無法破解。確實，王子似乎嗅到自公主口中幽幽透出的異味。

但這股異味更使他想起動身前來的那個被不情願地被父母親自喚醒的清晨，僅剩的僕役為他整理行裝，而他必須自己盥洗，包括清洗掉一夜睡眠後沉積在口中的酒與食物渣滓所形成的氣味。接著穿過已然殘舊不堪的王宮大廳，表面恭敬聆聽父母的叨唸，然後騎上瘦馬啟程。

若不是為了替自己因過度揮而破產的家族尋求一線生機，真不情願讓人譏笑為是為了這謎樣的城堡中未知的財富不顧一切而冒險的貪婪之徒。

沒有人事先知道，其實這是第十三個女巫所下咒語最惡毒的部分，那也是她未曾於眾人面前宣告的部分，在下咒的同一瞬間她還在心底暗唸的另一個心願，她預期中好女巫會施與另一則咒語抵制她的詛咒，但她暗自更改了自己許下的咒語，使得整個城堡在百年將屆滿前，魔力也提前像融冰般慢慢解凍，在魔力遞減的若干年以來，不光是灰塵從外界開始飄落，微生物開始移居，苔蘚逐漸蔓生，就在最近，較小昆蟲也開始飛入。若不幸地如第十三個女巫所計算，在百年屆滿好女巫的咒語期限過後，若沒有王子的出現，所有的一切將不再繼續靜止而開始受到侵蝕以致朽毀。

不過第十三個女巫沒有料到所有的魔法竟被巧合所破解。

事實上那一瞬間，王子腦海中的各種假設與回憶實在攪動得太快，身體卻未來得及將姿態略微後退先與公主保持一段距離。

一隻小甲蟲寄生於公主口腔中被王子靠近的氣息所驚動，本能驅使甲蟲向較亮的口腔外竄逃，鑽出公主嘴唇的那一瞬間，正好撞上王子的嘴唇，小甲蟲意外成為王子與公主接觸的橋梁，使得這場跨越百年的等待的兩端真正地連接上了。

緊接著更快地，一對乾燥的嘴唇便急切地擁上王子，公主與他的嘴唇毫無距離地接在一起，公主熱烈地捨不得將嘴唇與王子分開直接將奇怪口音的語言吐入王子的口中，同一時刻，王子不光是感覺到的公主吐露語言的氣息，更夾雜著一些灰塵，苔蘚的腥氣與扭動的小甲蟲。

公主陌生的口音，似懂非懂。

王子想，難道將一輩子半猜測著她所說話的意思。

她雖然美，不過，口腔的氣味是否會有改善。

王子於那同時又想到了很多事情，想到各種跡象並未淨如童話故事中圓滿及未來難以預測的種種，他忽然懷疑起，他的父母是否也曾得罪過某個心眼狹小的女巫，而自己卻也如公主 樣是被施予詛咒的一部分。

荒野中的鐵道總站

人們總以為通常搭乘的火車是從自己所認識的路線兩端所發出的，其實真正的情況並不是這樣。

世上所有的火車都有一個共同的出發點，也是所有的軌道所共同回向的終端；

一個真正的總站。

所有的火車負擔的任務都是由這裡所任命，做出適合的調配。

甚至包括那些嚴重誤點與事故的火車，也都是故意的，因為它們原本就是為了這樣的命運而安排……

但是乘坐的旅人呢？

搭載著誰，就不是火車命運的一部分了。

意外。

各種各樣的乘客，造成千奇百怪的事件使火車偏離了原來的安排。

恐怖分子引爆炸彈將火車炸成碎片。

黃金劫匪使火車衝向懸崖下。

盜賣古董者侵占古老的火車頭，盜賣到博物館。

被魔術師變透明。

被迫被魔法使用者改變形狀或功能，變成樂器，變成魚類之類的海生物。

被一千個貧民侵占成為住屋。
被偷走賣到五金拆解廠拆解，然後又被改造成巨大拆除機械手臂…

世上記載過許多失蹤消失的事件。

不過，即使遺失或失落已久…

…總有一天。

深夜，會有一位列車長裝扮的人站在錯失安排被暫時的意外所改變命運的火車窗外探看一陣子，接著在禮貌地打過招呼後，他便會走入車廂依稀能夠辨認出的駕駛座啟動火車。

軌道會於半空中浮現

火車終能回到原來的軌道，命運的軌道，回到荒野中的鐵道總站。

優雅的非洲美人

O.S.

有些事很神祕，要過了很久才能明白……。

某些願望很遙遠，遙遠到連最強的感應能力也偵測不到。

很多災難無法預知，就算是用咖啡汙漬，和蛀蟲的菜葉也不能占卜。

「我們要不要抓來吃？」

非洲美人的左手對右手說。

「我不確定……，」右手遲疑。

「在黑夜深處舉行的狩獵遊戲。」

「偷偷的，好嗎？」左手懇求。

「真希望我可以…。」

非洲美人的右手對左手說。

O.S.

我們規定好，要用小白兔的貼紙做記號，貼在手背上。

遊戲雖然不至於讓我們的樣子變形，但是我們是一起的，這樣也許會令我們覺得安心，不過那是很久以前的往事了，小白兔的貼紙還在…只是破損得已經一隻沒有尾巴一隻只剩下耳朵。

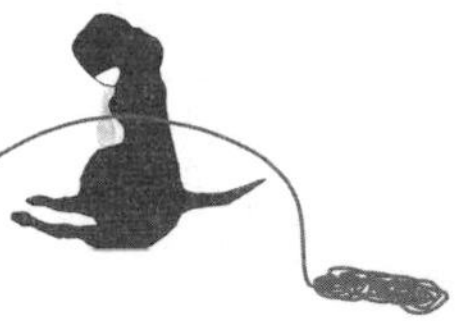

「我想要明白神祕的事。」

非洲美人的左手對右手說。

「我想要實現遙遠的願望⋯。」

「我只想預知災難。」非洲美人的右手回答左手說。

「我必須得到你的幫助。」左手說。

「根據古老非洲的習俗，人們必須要吃自己捕獵的食物才是正常！」

「我需要血肉的力量來幫我完成想做的事。」

右手說：「⋯但是⋯我還在練習作粗暴的捕獵還能保持優雅的姿態，老實說，我其實是在等待，等待那些在樹枝上停歇的好夢與壞夢互相捕食，最後將會有幾個特別肥美的勝利者，樹枝也將被它們自己的肥胖壓垮。」

「我們只要等著輕鬆地撿起來烹煮就好了。」

「⋯但是⋯我的食慾等不及快要把我們的胃融化了！」左手說。

巧合的事突然發生了！

屋外的樹真的垮下來，幾隻肥美的夢掉落一地。

非洲美人重新蒞臨蒙塵已久的餐桌，用優雅的姿勢使用刀叉切割食物。

「嗯…美好的食物。」

這時，左手突然將切肉的刀子反握，先將右手切斷丟到垃圾桶，再將自己與手臂切斷，然後跳下餐桌…逃走了。

失去左右手的非洲美人，只好用狼狽的姿勢繼續享用剩餘的菜餚，一直吃到長蟲都還沒有辦法吃完。

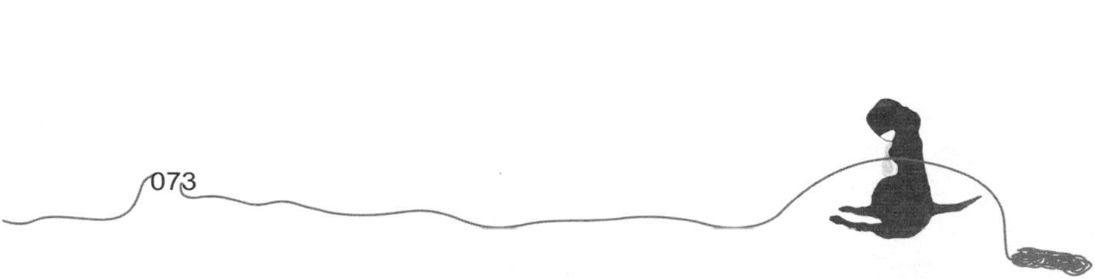

世界末日後的快樂生活

世界末日之後，大家也並不是過得那麼不快樂。有些並未完全分散的靈魂，附著在廢墟裡的廢物上各自拼湊成自己喜歡的樣子成為新型態的生命體，仍然繼續著世界末日前的生活。

直到有一天，正是聖誕夜；聖誕老人的到來，使得大家呵護備至的一個，全世界唯一存活的小朋友很不開心。

聖誕老人講了許多令人傷心的話。

聖誕老人說：其實聖誕節還沒有被消滅，我調查過，全世界只剩一個小朋友還活著，但是你不合格，你長得太奇怪了，你看照片，小朋友應該長得這樣才對。

由於全世界只剩你一個，原本還有特惠方案，別的小朋友的禮物可以通通給你。

太可惜了，如果你是正常的小朋友就可以有很多禮物呢。

你長得這麼奇怪，爸爸媽媽一定都被你嚇跑了吧！

全世界唯一存活的小朋友——

因輻射汙染變成很奇怪的樣子。

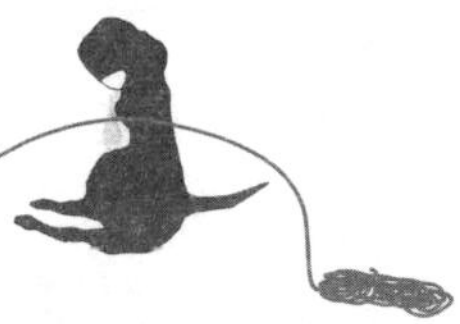

小朋友覺得即使自己是全世界唯一存活的小朋友，還不如死掉，雖然鄰居們也覺得死掉並沒有什麼特別不好，卻不原諒聖誕老人讓小朋友傷心。

鄰居們說：

可不能輸給真正的爸爸媽媽喲！

鄰居們決定合力把渾蛋聖誕老人幹掉！

鄰居們各自拔開部分自己的零件，合起來組成一隻又長又巨大的蒼蠅拍。把正在天空行進間的渾蛋聖誕老人像拍蒼蠅那樣攔截下來。

鄰居們把聖誕老人與他所乘坐的雪橇和麋鹿的殘骸疊成一座聖誕樹，並在樹頂插上一朵用聖誕老人纏上鋼筋固定而成的星星。

各人還把自己的身體用其他的廢物組合成玩具鴨子、風火輪玩具車、大型布熊娃娃等等禮物的樣子，讓小朋友恢復了快樂。

大家在世界末日後一起度過了一個獨特又快樂的聖誕節。

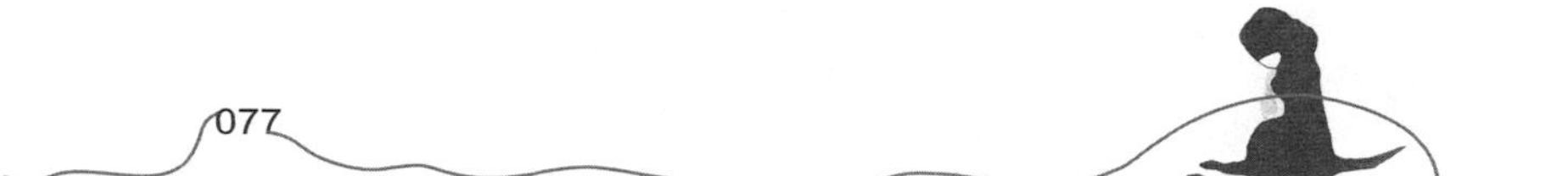

BB

P

L

L

電影裡的象小姐

作　　者　王登鈺 fish
插　　畫　黃嘉倩 Sera
總 編 輯　劉虹風
企劃主編　游任道
文字校對　陳譽仁　游任道
美術設計　吳欣瑋 torisa1001@gmail.com

小小書房・小寫出版
小小創意有限公司

負 責 人　劉虹風
地　　址　234 新北市永和區復興街 36 號 1 樓
電　　話　02 2923 1925
傳　　真　02 2923 1926
部 落 格　http://blog.roodo.com/smallidea
電子信箱　smallbooks.edit@gmail.com

經銷發行　紅螞蟻圖書有限公司
地　　址　114 台北市內湖區舊宗路二段 121 巷 19 號
電　　話　02 2795 3656
網　　址　http://www.e-redant.com/index.aspx
電子信箱　red0511@ms51.hinet.net

印　　刷　崎威彩藝有限公司
地　　址　235 新北市中和區立德街 216 號 5 樓
電　　話　02 2228 1026
電子信箱　singing.art@msa.hinet.net

初版一刷　2013 年 8 月
定　　價　350 元
I S B N　978-986-87110-3-7

國家圖書館出版品預行編目資料

電影裡的象小姐 / 王登鈺著
- 出版 - 新北市：小小書房，2013.8
面；　公分
ISBN 978-986-87110-3-7(精裝)

857.63　　102000192